जिन्दगी के लिए ही

[कविता-संग्रह]

जिन्दगी के लिए ही

रिपुसूदन श्रीवास्तव

राधाकृष्ण

नयी दिल्ली पटना इलाहाबाद

ISBN : 978-81-8361-526-6

जिन्दगी के लिए ही

पहला संस्करण : 2012

मूल्य : ₹ 150

प्रकाशक

राधाकृष्ण प्रकाशन प्राइवेट लिमिटेड

7/31, अंसारी रोड, दरियागंज, नई दिल्ली-110 002

शाखाएँ : अशोक राजपथ, साइंस कॉलेज के सामने, पटना-800 006

पहली मंजिल, दरबारी बिल्डिंग, महात्मा गांधी मार्ग, इलाहाबाद-211 001

वेबसाइट : www.radhakrishanprakashan.com

ई-मेल : info@radhakrishanprakashan.com

आवरण : महेश्वर

मुद्रक

बी.के. ऑफसेट

नवीन शाहदरा, दिल्ली-110 032

JINDAGI KE LIYE HI

Poems by Ripusoodan Srivastava

समर्पण

जिन्दगी के लिए ही

पुरोवाक्

1998 में मेरी रचनाओं का संकलन–'एक और विकल्प' शीर्षक से प्रकाशित हुआ था जिसमें मेरे प्रियजनों ने कविताओं के साथ मेरे गीतों और गजलों को भी जगह दी थी। तब से मित्रों का आग्रह रहा कि कविताओं का एक स्वतन्त्र संकलन आना चाहिए। पिछले दशक में मैं विभिन्न गतिविधियों में व्यस्त रहा जिसमें कुलपति होना भी सम्मिलित है और चाहकर भी संकलन के प्रकाशन की ओर ध्यान नही दे पाया।

मैं श्री अशोक महेश्वरी जी का कृतज्ञ हूँ जिनकी प्रेरणा से ही यह प्रकाशन सम्भव हो पाया है। परस्पर विरोधी जीवन धाराओं में बहता, तैरता मैं अन्ततः वहीं प्रतिबद्ध हूँ जिसे मैं जिन्दगी की सार्थकता समझता हूँ। जीवन के वैविध्य की संश्लिष्ट एकता की आधारभूमि पर रची ये कविताएँ जिन्दगी के लिए ही हैं।

–रिपुसूदन श्रीवास्तव

अनुक्रम

जिन्दगी के लिए ही

फूल

तुमने कहा था–'तुम्हें फूल बहुत पसन्द है'
और इसीलिए मैं
ढेर सारे फूलों के बीज लेकर आया हूँ
किन्तु,
तुम्हारे घर-आँगन के पत्थरों को देखकर
सोचता हूँ
इन बीजों का क्या करूँ?
अच्छा होता
मैं इन बीजों के साथ
मुट्ठी भर मिट्टी भी लाता
और अपनी हथेली में ही
हाथों की ऊष्मा, और
तुम्हारी आँखों की नमी से
अँजुरी भर फूल उगाता।

दूरियाँ

पिघलती बर्फ पर
चलना जितना मुश्किल है,
उससे अधिक मुश्किल है
तुम्हारी आँखों को पढ़ना
सारे शब्द
जंगल के वृक्षों पर
मृत सर्पों की तरह लटके हैं
क्योंकि ये तुम तक किसी तरह
पहुँच नहीं सकते
और जो मुझ तक
पहुँचते हैं
वे सिर्फ दस्तक देते हैं
द्वार खुलने की प्रतीक्षा नहीं करते।

एक सुबह

नागफनी के जंगल में
कहीं से उग आए
अकेले गुलाब की तरह
मेरे मन में तेरी याद
सहमी सी किसी कोने में दुबकी है
रातभर बर्फ की निर्बाध बारिश से
ढँकी ट्राम की पटरियाँ
ऊपर के आवागमन से मुक्ति पाकर
शायद
भीतर ही भीतर सट गईं हैं
लेकिन यह कब तक?
सड़कों पर लोगों का रेला बढ़ने लगा है
बर्फ को हटानेवाले हाथ
दस्तानों से लैस होकर फावड़े उठाने लगे हैं
थोड़ी ही देर में
पटरियों की दूरी साफ दिखने लगेगी।
लोगों की भीड़ में
या कि वस्तुओं के ढेर में
एक तरफ उढ़का मैं
अचानक किसी ठहराव पर

उतार दिया जाउँगा
और मेरे सामने होंगे
परित्यक्त चर्च, शहीदों के स्मारक
आदमी होने के लिए लड़ते लोगों के इतिवृत्त।

तुम्हारे जाने के बाद

समाधि का लगना या टूटना
मैं नहीं जानता,
जानना भी नहीं चाहता
टूथपेस्ट, ब्लेड, साबुन,
तौलिये और इसी तरह की कई छोटी-मोटी चीजें
मेरे आगे-पीछे घूमती रहती हैं
एक के बाद एक,
मैं जहाँ हूँ वहाँ आसमान नहीं होता
होती है पिटी-पिटाई छत
और छत के बाहर जाने के पहले
इन छोटी चीजों से उलझना होता है
मुक्ति का मार्ग ढूँढ़ने के लिए
अखबार का सहारा लेना
रेडियो का स्विच ऑन करना
दूरदर्शन पर हो रही उलटी-सीधी हलचलों में रमना
यह सब कुछ विफल हो जाता है
तुम्हारे जाने के बाद।

आदमी और नदी

आदमी अगर आदमी न हुआ होता
तो नदी नदी नहीं हुई होती।
आदमी के बिना जल के बहने
की जरूरत भी क्या होती?
आदमी और नदी का साम्य
दोनों का रिश्ता-
जैसे किसी छोर पर खड़े आदमी के
निमन्त्रण पर
जंगल, पहाड़, चट्टान सबसे जूझती नदी
खिंचती चली आ रही हो।
आदमी भी तो खुद खिंचता हुआ
एक बिन्दु से दूसरे बिन्दु पर
एक घाट से दूसरे घाट पर
एक जगत से दूसरे जगत तक
भटकता रहा है।
कैसा साम्य है
कि यह बहाव
न तो नदी को अपने उद्गम से काट पाता है
और न आदमी को।

मछली की चाह

बड़े तड़के हाथ में बंसी लिए
कागज की पुड़िया में चारा लपेटे
वह नदी किनारे पहुँच जाता है
उसकी दिनचर्या का अंग है यह
एकाग्र भाव से बंसी में चारा फँसाना,
उसे नदी की धार में फेंकना
फिर धागे में बँधे कंडे के छोटे टुकड़े के डूबने की प्रतीक्षा,
फँस गई है मछली–कभी छोटी, कभी बड़ी भी
हर दिन एक बड़ी, एक और बड़ी मछली की चाह
इच्छाओं के पैर नहीं
पंख होते हैं।

जिजीविषा

पत्थर के नीचे
दबी दूब
पीली भले हो जाय
मरती नहीं है,
उसकी जिजीविषा
उसे सतत संघर्ष की शक्ति
देती है और
बीमार सी लगती दूब
पत्थर की दरारों से बाहर आ जाती है
पत्थर में दरारें तो पड़ती ही हैं
सिर्फ समय की बात है।

शीत लहर

ठंड के मारे
सिकुड़े हाथों से
राधाकृष्णन की 'प्रिंसिपल उपनिषद्स'
की पुस्तक
छूटकर नीचे गिरी
और पन्ने-पन्ने बिखर गए
पहले से भी सम्भवतः
इसी कारण अर्थात शीतलहर के ही कारण
कई पोथियों के पन्ने बिखरे पड़े थे
चुनने वाले ने
पन्ने-पन्ने को देखा, परखा
और कोरिया की राजधानी
सियोल में 'मिडनाइट'
शीर्षक वाले टीवी कार्यक्रम
की प्रकाशित प्रतियों
के पन्ने यत्नपूर्वक सँभाले।
ठंड का असर कम हुआ।

कहाँ हो तुम?

जेठ की तपती दुपहरी में
मैं नंगे पाँव
तालाब के घाट पर
ठीक उसी जगह खड़ा हूँ
जहाँ हमने जमाने की तल्खियों से
तंग आकर
अपनी राहें अलग कर ली थीं
तुमने जमाने से लड़ने की अपनी प्रतिबद्धता
दुहराई थी
मैं ही टूट गया था
आज इतने दिनों के बाद
उसी जगह
घाट पर बिछी ईंटों की
तल्खियाँ मैं सह रहा हूँ
झुक कर तालाब के जल को छूता हूँ
उसकी शीतलता पर जेठ का कोई प्रभाव नहीं है
कैसे तालाब ग्रीष्म की तल्खियों से
अपनी शीतलता बचा लेता है?
आज मैं भी

जमाने से, और उसके खूँखार दाँतों से
लड़ने को उद्यत हो रहा हूँ
कहाँ हो तुम?

महुआ

चैत के आखिरी सप्ताह में
महुआ के पेड़ के नीचे
सुबह-सुबह पसरे हुए
अनगिनत महुआ के फल
अचानक याद दिलाते हैं
तुम्हारी बन्द आँखों के
गतिशील झरोखों की।
महुआ के झाँकते रेशे
तुम्हारी पपनियों के तारनुमा
बालों की तरह खड़े हैं।
और डलिया और चंगलियाँ लिए
बच्चे-बच्चियाँ उन्हें चुन-चुन कर
भर रहे हैं अपने पात्रों में
मेरे मन में भी लालच है!

संस्पर्श

बस की भीड़ में
टैन्जेन्ट की तरह
टकराती साँसों का संस्पर्श
चेतना के वेश्म तक
नहीं पहुँचता है।
क्योंकि उन साँसों में
वह ऊष्मा नहीं होती है
जिससे अन्तश्चेतना
के तारों में
झंकृति आ जाए
जैसा तुम्हारे अनबोले
शब्दों से उपजता है।
ये शब्द जब भीतर-भीतर खनकते हैं
फिर तो खेतों में
फसल काटती हँसिया में
गति बढ़ जाती है
कपड़ों पर रंग चढ़ाने वाले
या, मवेशी का चारा काटने वाले हाथ
तरंगित हो जाते हैं और
उनके रोम-रोम से
फूटती है कविता।

जाड़े की सुबह

पूरबी क्षितिज पर
थिरकती दुधमुँही किरणें
सुबह-सुबह गुदगुदा रही हैं।
हँसता हुआ सूरज
कुछ वैसा ही लगता है
मानो आशीर्वचन देता कोई ऋषि
बरामदे से तेज कदमों से
विदा लेती यह धूप
जैसे पिता के घर से
विदा लेती हुई बेटी हो
ऑफिस की लगभग अर्थहीन व्यस्तताओं
और बॉस की झिड़कियों को
गर्म चाय की प्याली में डुबाता
फिर अगली सुबह की प्रतीक्षा में
इस सुबह का दुलार स्वीकारता
हुआ यह मन!

जीवन

साँझ को
घर लौटते बगुलों की कतार सी
यादें
श्वेतवसना माँ की प्रभाती
वृद्ध पिता द्वारा
मानस की चौपाइयों का पारायण
रसोईघर से उठता धुआँ
बाहर के खूँटे पर
गायों-बैलों की जुगाली
और कातिक में
जुताई के बाद
खेतों में उगते नन्हें बिरवे
अब यह सब कुछ नहीं है
जीवन में है भागती मशीनी काल-चक्की
और इसके पीछे अपने आपको लगा देना
बिना किसी शाश्वत लक्ष्य के
रोटी से बड़ा कोई लक्ष्य रह नहीं गया है
शेक्सपीयर ने सम्भवतः इसीलिए
जीवन को किसी मूर्ख की कही हुई
बिना सिर पैर की कहानी की संज्ञा दी थी।

भूख

रोटी की भूख
सब में समान होती है
चाहे वह बड़ा हो, छोटा हो
राजा हो, रंक हो
धर्मपरायण हो या विद्यार्थी हो
प्रेमी हो या प्रेम का दुश्मन हो
किन्तु, भूख तो बहुआयामी है
इसके आयाम रोटी से लेकर
बोरी तक हैं
आटे की बोरी से लेकर
परमाणु संयंत्रों की चोरी तक हैं
मुस्कुराते फूलों को देखने से लेकर
उन्हें शयनकक्ष के बिस्तर पर
फैलाने तक है
भूख के इन विभिन्न आयामों में
भटकता हुआ
किसी गाँव से अभी-अभी
शहर आया कोई युवक
हाथ की रोटी को भूल

अगर विपाशा की
निर्वस्त्र तस्वीर के आगे
रात के बारह बजे तक
खड़ा हो
और पास से गुजरती
रिक्शा, तीन पहिये पर
किसी छायाकृति पर
लपके तो
पुलिस उसे पीटती क्यों है?
उसकी भूख को
किसी माल्या या अम्बानी से
अलग करके क्यों देखते हैं
हम लोग?

आजादी और रोटी

पिंजरे की तीलियों के बीच से
हवा आती-जाती है
रोशनी भी आ जाती है
दाना-पानी भी मिल जाता है
फिर भी,
पंछी पिंजरे से बाहर
जाने को छटपटाते हैं
द्वार खुलते ही उड़ जाते हैं
किन्तु,
अजीबोगरीब है मेरी पाली हुई मैना
कई बार मैंने फ़ाटक खोल दिया है
यह सोचकर कि इसे आजाद कर दिया जाय
लेकिन,
हर बार वह बाहर निकलकर
फिर पिंजरे के भीतर
या अधिक से अधिक
पिंजरे के ऊपर बैठ जाती है
सोचता हूँ कहीं ऐसा तो नहीं
कि
सुविधा से प्राप्त दाना-पानी
उसे आजादी से अधिक प्रिय लगता हो!

गाँव की चिट्ठी

एक लम्बे अन्तराल पर
आई है एक चिट्ठी
मेरे गाँव से
गाँव गए हो गए कई साल
शहर ने जितना भी फँसा लिया हो
अपने जाल में
लेकिन गाँव में बिताए दिन
स्मृति के संचित कोष हैं
लंबी चिट्ठी है-
बचपन में अपने दोनों घुटनों में
मेरे सिर को दबा कर
मेरे बाल काटने वाले
महाबीर काका अब नहीं रहे
नगीना बैठा को लकवा मार गया है
रामलाल का बनाया जूता
अब नहीं मिलेगा
उनका बेटा
बैंक में ऑफिसर हो गया है
मनबोध राम फिर से फगुआ
गाने लगे हैं

दस साल पहले
लखन दास की बेटी को लेकर
भागा हुआ उनका बेटा
चार चक्के की गाड़ी लेकर
वापस आया है
साथ में 'फौरन' का माल भी लाया है
दस बोतल तो विलायती लाया है
अब कोई उससे नफरत नहीं करता
गाँव की काली माई का मन्दिर बनाने के लिए
पचीस हजार का कड़कड़ नोट दिया है
गाँव खुशहाल है
ऑल इज वेल!

सन्दर्भ

वीरान से लगते
बर्फ की सफेदी में ढँके
इन पार्कों में
कभी लोगों की गहमागहमी रहती होगी
यह ज्ञान इतिहास की वस्तु हो गई है
इतिहास के मुँह में
सारी घटनाएँ जाती दीखती हैं–
हमारे होने की,
भविता की।
हमारा होना इतिहास में हैं
या कि
इतिहास हमारे होने में हैं
यह आज का यक्ष प्रश्न है
भविता को किसी मध्यस्थता की
आवश्यकता नहीं होती
इतिहास मध्यस्थों से रचा जाता है।
बर्फ से आवृत बेंचों का अस्तित्व
सन्दर्भहीन भले हो गया हो
उनकी भविता को इतिहास आवृत नहीं कर सकता
सन्दर्भ देने वाले हम स्वयं भविता की सन्तान हैं।

रूई

कल एक झोले में
मटमैली रूई की गाँठें
भरकर लाया था
दूकान वाले ने तौला था -
तीन किलो या साढ़े तीन किलो
कुछ ऐसी ही वजन की
पूरी गाँठें थीं।
सुबह से एक धुनियाँ
अपनी धुनकी पर डंडे चला रहा है
उससे उत्पन्न नाद के आरोह-अवरोह का जादू
रूई की गाँठों में समा रहा है।
समा रहा है यह जादू कुछ इस तरह
कि इन गाँठों में आकुंचित धूलकण
छँटते हुए धराशायी हो रहे हैं
और रूई का विस्तार हो रहा है
या कि उसमें समाविष्ट
अनन्त सम्भावनाओं का
प्रस्फुटन हो रहा है
प्रत्येक रेशे में एक आकाश समाया हुआ है

गुंठित ऊर्जा का महाभिनिष्क्रमण
जैसे शब्द से सृष्टि होती है
वाक्य में गुंठित विचारों का गुम्फन देखा है?
देखा है हेगेल के डायलेक्टिस के भीतर निखिल ब्रह्माण्ड को
रूई के रेशे को कसते हैं
समेटते हैं इसे
कभी तकिए में, लिहाफ में
तो कभी तोशक में
बाँधते हैं शब्दों के आयाम को
कभी राम की शक्ति पूजा में,
कभी कश्मीर शैव मत में
तो कभी मार्क्सवाद में
अगर यह समेटना न हो तो
रूई की छोटी सी गाँठ
अन्ततः अपने को आकारहीन कर
मिला लेगी वायु में सदा-सदा के लिए
और तब शेष रहेगी सिर्फ आकृति
जो अपने को ढालेगी अक्षरों में
जहाँ से मत मतान्तरों को तोड़ते
शुरू करनी होगी
कोरे कागज पर शब्दों की रति-गाथा।

क्या सोचती हो प्रियम्वदा?

क्रोध से फुफकारती दोपहरी
हवाओं के तूफानी तेवर
क्या सोचती हो प्रियम्वदा?
टूटी चप्पलों से
बाहर झाँकती हुई बिवाइयाँ
सलवार के पाँयचे पर जमी काली धूल -
इस तरह कब तक चलते रहेंगे हम?
धूप की यह कड़क तो ठंढाने से रही
उड़ते पंछियों की झड़ती पाँखों सी
यह गर्मी ऊपर से नीचे बिछी जा रही है
पाँव के छाले गाँव के बरगद की याद
बड़ी पीड़ा से दिला रहे हैं
यहाँ इस कंक्रीट के जंगल में
छाँह कौन देगा।
क्या सोचती हो प्रियम्वदा?
लगता है आँधियों के दिन आसन्न है
बारूद की आँधियाँ उठेंगी
तेजाब की बारिश होगी
क्या होगा हमारे प्यार के कल्पित घरौंदों का?

सामने एक बड़ा घना पेड़ दीख रहा है
किन्तु
इसके नीचे तो पहले से ही डेरा डाले बैठे हैं
गिद्ध–जिनकी आँखों में खून उतर आया है
जो कभी भी, किसी को भी
नोच लेने को
आतुर दीख रहे हैं
क्या सोचती हो प्रियम्वदा?
यह मौसम, ये गिद्ध और–
हमारे मन के कोटर में
दुबका प्यार का शावक
हम इसे बचाएँगे प्रियम्वदा–
चाहे इसके लिए
हमें अपनी उम्र भी गँवानी पड़े
हम इसे बचाएँगे–
जरूर बचाएँगे।

माँओं के सपने

एक से अधिक पैबन्द लगी साड़ी पहने
कन्धे पर फटी चादर रखे
मुट्ठी में तीन-चार छोटी रेजगारियाँ लिए
पोपले मुँह से वह कहती है–
'बाबू, कल से कुछ नहीं खाया है'
और
यह कहते हुए अपनी हथेली
सामने फैलाती है वह बुढ़िया।
गर्दिश के थपेड़े
उसके चेहरे की शालीनता को
पूरी तरह ध्वस्त नहीं कर पाए हैं।
आँखों में हाथ फैलाने की विवशता से उपजी
पीड़ा साफ-साफ दीखती है।
भीख माँगने की फितरत से अनजान
ये आँखें, यह चेहरा, यह हथेली...
मन अचानक वर्तमान से भूत में उतर जाता है।
सुबह-सुबह बासी रोटी का कलेवा कराकर
स्लेट-पेंसिल के साथ
गाँव की पाठशाला में

अपने मुन्ने को भेजती
माँओं की आँखों में तिरते सपने
मेरी आँखों में नाचने लगते हैं
कौन जानता है
कब, कैसे इन सपनों की
चोरी हो जाय / इन्हें पाला मार जाय
या फिर
सपने अपने नहीं रह पाएँ
और हथेलियों में सपनों की जगह
चन्द रेजगारियाँ सिमट आएँ।

चिड़ियों के दाने

घर के सामने की फैली हरियाली
कोने पर चन्दन का किशोर वृक्ष
और वृक्ष की टहनियों पर
रंग-बिरंगी चिड़ियों की चहचह
नन्हीं गुड्डी तन्मय होकर देखती है,
सुनती है, और खो जाती है–
इस सोच में
कि
गर्मी के फैलते जबड़े
और आसपास के सूखते नदी नाले
इन नन्हीं जानों के अन्तस्तल को
क्षत-विक्षत कर देंगे
इसने इनके लिए मिट्टी के बड़े से भगौने में
पानी और खाने के लिए
चावल के दाने बिखेर दिए
गुड्डी की नन्हीं जान की संवेदना
इन नन्हीं जानों की संवेदना बन गई।
अपने प्रबन्ध की सफलता की आकुलता लिए
गुड्डी रह-रह कर खिड़की खोल झाँकती है

हर बार उसे रंग-बिरंगी
अनेक चिड़ियाँ नजर आती हैं
दाना चुगती हुई
पानी पीती हुई
चन्दन की टहनियों से
नन्हीं जानों की
कातर आँखें
ललचाई दृष्टि से
सबकुछ देखती हैं
पता नहीं इन आँखों को
खिड़की पर टिकी आँखों में
उतरते आक्रोश की लाली की जानकारी है या नहीं!

चाभी

चाभी, कुंजी या ताली
एक अत्यन्त ही महत्त्वपूर्ण वस्तु
नहीं खुलेगा बैंक का लॉकर,
या कारूँ का खजाना
या सेठ की हीरे-जवाहरात की आलमारी
या उस्ताद की जादू की पिटारी
चाभी बिना कुछ नहीं खुलेगा
बड़े जतन से रखते हैं चाभी
कहीं ऐन वक्त पर नहीं मिली ताली
तो सारी तैयारी बेकार, सब कुछ खाली-खाली
कहीं से धीमी आवाज आ रही है
...और चाभी खो जाए
सचमुच खो गई है चाभी
सुबह से परेशान हूँ
अपनी परेशानी पर याद आता है
मैथिली लोकगायक का गीत—
'गेलइ पेटी के चाभी हेराई गे...'
नायिका ने सारे साज शृंगार कर लिए हैं
गालों पर पाउडर, होठों पर लिपस्टिक, माथे पर बिन्दी

अब सिर्फ पेटी से एक मैचिंग साड़ी निकालनी है
लेकिन चाभी हेरा गई है
लगता है पीट ले वह अपना माथा
उसी तरह
जिस तरह सेठ तिजोरी चाभी के लिए सिर धुनता है
बेचैन होता है वह मजदूर
जिसने टीन के बक्से में
अपने खून-पसीने की कमाई
छिपा रखी है–
चाभी नहीं मिली तो
रोटी से खाने को प्याज कैसे खरीदेगा वह?
मेरी ही तरह वह नौजवान भी चाभी ही खोज रहा है
कम्पीटीशन के पर्चों को हल करने के लिए।
खोज रहा है चाभी मेरा बुद्धिजीवी मित्र
जिससे 'सबाल्टर्न इतिहास' की गुत्थी सुलझा सके
चाभी के लिए ही उत्तेजित है मेरा नायक
जिससे सत्ता के तिलिस्म का ताला खोल सके
कब मिलेगी चाभी?

दहशत

इस वर्ष आम में बहुत बौर आए हैं
बौरा गया है समूचा बाग
यह सोचना कितना सुखद लगता है
कि कुछ ही दिनों में
इन डालों की मंजरियाँ
टिकोलों में परिवर्तित हो जायेंगी
फिर ये टिकोले पीले-पीले रस और गूदे से युक्त
आम बनेंगे
किसी भी तरह यह सोचा नहीं जा सकता
कि अचानक बौरों से लदा यह पेड़
एक झटके में
सम्पूर्ण परिदृश्य से अचानक ओझल हो जायेगा
और छोड़ जाएगा यह विचार
कि यहाँ कभी कोई दरख्त था
जो किसी बाग का हिस्सा था
जहाँ डालियों में बौर लगते थे।
दोनों हाथ उठाकर
शपथपूर्वक कोई जरथुस्त्र चिल्लाएगा–
सुनो, सुनो, मैं जरथुस्त्र कहता हूँ–

'यहाँ आमों का बाग था–देशी मालदह था
यह सच है, बिल्कुल सच है,
और उस स्थल पर खड़ी बहुमंजिली इमारत के कक्षों में
इंटरनेट पर प्रेमप्रसंग में संलिप्त युवा-युवती
उस पागल के प्रलाप पर हँसतें रहेंगे।

पुल

एक पुल है
पुल है यह
दो मजबूत पायों के
कन्धों पर टिका हुआ;
देश और काल
ये ही दो पाए हैं
जिन पर जमाने के
घात, प्रतिघात, संघात
और रंग-बिरंगे मौसम की
आचार-संहिता से सँवरा
यह पुल खड़ा है।
काफी विस्तृत है यह
बड़े-चौड़े हैं पाट इसके
इसका एक छोर
अतीत के गुंजलकों से जुड़ा है
और दूसरा
भविष्य के
सम्भाव्य परिदृश्य के अनुमानित सीमाक्षेत्र तक
पहुँचने को उद्यत है

और मध्य?
यही तो वह स्थल है
जहाँ आप खड़े हैं, मैं खड़ा हूँ
और जो कुछ घटित हो रहा है
उसका हिस्सा होते या नहीं होते हुए भी
उसके चश्मदीद गवाह होने
और शतुरमुर्ग की तरह उसे झेलने के दायित्व से
वंचित होने के प्रयास में
हम दोनों संलग्न हैं।

जेठ

धूप की रंजिश भरी काया
नक्सली तेवर हवाओं के।
आ चलें ढूँढ़ें कही छाया
भूल सारे
जख्म पाँवों के।
सूखकर दुबली हुई नदियाँ
खेत के कटते डँड़ारों सी
रेत बढ़ती जा रही दिनोदिन
पाँख की झड़ती
कतारों सी
प्यास की फैली बहुत माया
खोखले प्रतिपल दुआओं के।
भोर की प्रतिबद्धता चुनकर
गूँथ डाले
विजय की माला
शाम तक ठंढा चुकी होगी
क्रुद्ध दुपहर की मुखर ज्वाला
एक पीपल के तले बैठें
झाँकते प्रतिमान
गाँवों के।

जाड़े की रात

बेर डूबने के साथ ही
पड़ोस से जुगाड़ किया
घास-फूस
चिनगी लगते ही
भक् से जलता है।
हाथ सेंकने के साथ ही
थाली की रोटी, साग, नमक, मिर्च
एकबार आँखों से ताक लेता है
फिर तो फूस की लौ कर्जे की आमद की तरह
तुरन्त खत्म हो जाती है
और फिर अन्दाजे से वह
थाली की चीजें टटोलता
सामने की बुझी आग के सहारे
पेट की आग बुझाने की कोशिश करता है।
उसकी रात
शुरू हो गई है
घंटे भर में जवान हो जायेगी
और उसकी उम्र की ही तरह
तेजी से सर्द हवा के थपेड़े की तरह

खुल जायेगी।
जब पड़ोस की रात शुरू होती है
वह घूरे की राख को कुरेदता
कर्जे का हिसाब लगाता
आसमान के तारों के
स्थान परिवर्तन से घड़ी पहर
का अन्दाजा लगाता
'शुकवा' के उगने का इन्तजार करता है
शुकवा के उगने के साथ ही रोशनी की
उम्मीद बँधती है,
रोशनी और गरमाई का रिश्ता
उससे अधिक कौन समझेगा?

शाम

एक पूरे दिन की जिन्दगी
तिल-तिल कर जलती है
सुबह की छोटी-छोटी धूप
कभी इस छत पर
तो कभी उस छत पर,
छतों के बीच की झोपड़ी
सिर ऊपर उठा-उठा कर
तलाशती है—धूप के किसी नन्हें टुकड़े को भी
जो उसका नहीं है,
हाँ दोपहर की चिलचिलाती धूप
छत पर और झोपड़ी पर
एक साथ ही पड़ती है
दोपहरी समता मूलक है
आँगन का कोना भी देख पाता है धूप को
महसूस कर पाता है उसकी गरमाई को,
उसके बाद तो फिर से शुरू हो जाता है
धूप के चकत्ते का भटकाव
कभी इस डाल पर, कभी उस डाल पर,
सूरज की किरणें

ब्याह के बाद विदा होती हुई लड़की की तरह
कुछ शरमाती सी, कुछ घबराती सी
धीरे-धीरे डेग बढ़ाती हैं
एक अनजाने भविष्य की ओर
जो फिर भी कितना जाना-पहचाना है
आदमी की नियति की तरह!

आग-1

आग जिन्दगी देती है
जिन्दगी को ऊष्मा देती है
ऊष्मा को उसकी पराकाष्ठा बताती है
और जिन्दगी को उसकी नियति देती है,
आग जिन्दगी देती है
खाने से लेकर
जिन्दगी के बर्फीले क्षणों के गुजारने तक में
अपनी भूमिका निभाती है,
आग जब बाहर होती है आदमी से
तो रोशनी देती है
आग जब भीतर होती है आदमी के
तो सड़े-गले तन्तुओं को भस्म कर
एक नई संरचना खड़ी करती है
आग धरती से उठकर
पानी में लगती है
पानी से निकल कर
मन में लगती है
और तब यह दुनिया
हिलती है, डोलती है
और धराशायी होती है।

आग-2

आग है तो चूल्हा है
चूल्हा है तो रोटी है
रोटी है तो जीना है
जीना है तो मरना है
एक बार नहीं हजार बार
जूझते हुए
अलग-अलग कोणों से
आते हुए
अलग-अलग शक्लों के तीरों से
गलियों, चौराहों, खेतों-खलिहानों
सबको घेरती जंजीरों से।
आग है तो कवच है
निरस्त्र हड्डियों का,
दुहरी धोती में लिपटी
जर्जर काया का
पड़ोस की दुर्भेद्य माया का,
शीत की लहर का
ठंढ के कहर का
गाँव को घेरते शहर का।

आविष्कार

सूरज को झेल सकने में असमर्थ आँखों ने
नियॉन बत्तियों में जीना सीख लिया।
हवा के थपेड़ों से घबराई पाँखों ने
कोटरों में सिर छिपाना सीख लिया।
एक के बाद दूसरे आविष्कारों के साथ
फैलते बुद्धि के प्रकल्प के आगे
संसार सिमट गया है,
सितारे जुगनू बन गए हैं
चाँद रेत के टीले सा लगने लगा है।
प्रकृति का हर रहस्य आविष्कृत
हो गया है।
आविष्कृत होने को शेष
रह गया है मन।

अगहन में

लगता है, हवा किसी भयानक बर्फीली, दर्दनाक घाटी से
होकर आ रही है,
तभी तो
इसकी आहट से ही
धान की झूमती हरी फुगनियाँ
झुकने लगी हैं।
छोटे दिन की गरमाई
पेड़ो के पीछे दुबकने लगी है
सूखी लकड़ियों की तलाश में
पेड़ो की ओर बढ़ते हाथों में
कनकनी समाने लगी है
और
खाली पेट और भारी मन के साथ
सूनी आँखें सुबह के तारे का
इन्तजार करने लगी हैं।

एक शहर

तीन तरफ से ऊँचे राजपथ
और चौथी तरफ से नदी के ऊँचे तटबन्ध से घिरा
यह प्यालानुमा शहर
शहर है तो जाहिर है कि बड़े-बड़े, ऊँचे-ऊँचे महान होंगे,
छोटे-छोटे, मोटे-मोटे लोग होंगे
लोग होंगे तो बातें होंगी
बातें होंगी तो दंगे होंगे, फसाद होंगे
हर चौक-चौराहों पर
पान की पीक और खून के छींटे गलबाँही देंगे
और इन सबसे बेखबर आम आदमी
अपने-अपने दरबों में
गर्मियों में हाथ में बेनिया लिए
जाड़ों में चादर लपेटे या कि बोरसी की आग सँजोए
बरसात में चौकी के ऊपर पानी के चढ़ने की प्रतीक्षा में
आँख मूँदे रात गुजारता है
सुबह की पहली किरण के साथ
फिर शुरू होगी रिक्शा, ठेला, सब्जी की टोकरी
या चौक-चौराहों पर दिन भर के लिए बिछने की तैयारी
आकाश में कौंधती बिजली से क्षणभंगुरता की शिक्षा लिए
शहर की बिजली भी यदा-कदा रातों में कौधती है

यह अहसास कराने के लिए
कि आदमी गुफा युग से बाहर आ चुका है
वैसे यह जानना अभी भी बाकी है
कि वह गुफा से निकलकर
पहुँचा कहाँ तक है?
हर मोड़पर झूमते साँड़ों का
हरी-हरी सब्जी की टोकरियों में यूँ ही मुँह डाल देना
चुस्त शिकारियों का अपनी मनपसन्द चीज
बे-रोकटोक उठा लेना, चाहे वह आदमी ही क्यों न हों
एक नौसिखुआ साक्षर
जंगल और शहर के अर्थ ढूँढ़ने के लिए
शब्दकोशों में भटकता है
इन सबके बावजूद
यह शहर जी रहा है
लेखक हैं, कवि हैं, पत्रकार हैं
बुद्धिजीवी हैं
टाँगें खीचते हैं,
सुन्दरता की ओर आकृष्ट होते हैं
मेधा से सुन्दरता को बेहतर मानते हैं
मूल्यों की रक्षा करते हैं,
सुन्दर मूल्य है मेधा तो नहीं है!
लड़के हैं, लड़कियाँ हैं
टीवी के सीरियलों को
जीवन में उतारने की भरपूर चेष्टा करते हैं
कुल मिलाकर यह शहर है
जहाँ जीना है
बिना यह जाने हुए
कि क्यों जीना है?

गणित का मनोविज्ञान

बचपन में
स्कूल के किसी वर्ग में
गणित के शिक्षक ने
एक सवाल पूछा था–
बीस फुट लम्बे किसी लट्ठे पर
कोई कीड़ा चढ़ता है
एक घंटे में चार फीट चढ़ता है
अगले घंटे में दो फीट फिसल जाता है
कितनी देर में चढ़ेगा वह?
मेरे मित्रों ने हिसाब लगाना शुरू किया था
और मैं चुपचाप बैठा था
शिक्षक महोदय ने मुझे यूँ बैठा देखकर
पूछा था–बताओ उत्तर
और मैंने कहा था–वह कभी नहीं चढ़ेगा
नाराजगी से शिक्षक ने बहुत पीटा था मुझे
मैं उन्हें कह नहीं पाया था
कि हिसाब लगाना एक बात है
और मन का हिसाब जानना दूसरी बात
चढ़ने-उतरने के खेल में

कभी न कभी मन निश्चय ही जवाब दे देगा
अब और नहीं
और वह कीड़ा लट्ठे पर चढ़ना छोड़
जीने की किसी अन्य प्रक्रिया में
अपने को झोंक देगा।

जिन्दगी के लिए

उपनिषदों में
'मैं कौन हूँ?' 'तुम कौन हो'?
'यह जगत क्या है?' आदि प्रश्नों पर
ढेर सारी चर्चाएँ हैं
इन चर्चाओं से जूझता मन
उम्र के आखिरी पड़ाव तक
इस प्रश्नों के मायाजाल से,
मोहक भ्रमजाल से,
मुक्त नहीं हो पाता
बुद्ध ने, लोग कहते हैं,
मुक्ति का मार्ग ढूँढ़ लिया था
किन्तु बुद्ध के बाद
बौद्ध भी तो मोहक भ्रमजाल में ही
उलझे रहे।
अमीबा से मनुष्य तक की यात्रा
शून्य से पूर्णत्व की यात्रा
सिर्फ चेतना की यात्रा है
और सम्भवतः
इसीके लिए मिलती है जिन्दगी।

अपनी यात्रा के किसी पड़ाव पर
अगर जिन्दगी हँसती मिल जाती हो
तो यह पूरी यात्रा सार्थक हो जाती है
जो कुछ भी किया जाये जिन्दगी के लिए।

देरिदा और कविता

बिहार की कोसी नदी की तरह
कविता भी
अपनी धारा
बदलती रहती है
'नीर भरी' सतत् प्रवहमान सलिला
कभी 'गौरवगिरि उत्तुंगकाय'
बन जाती है
कभी रस्सी तोड़कर
भागे हुए बैल की तरह
इस खेत, उस खेत
मुँह लगाते हुए
अनायास कहीं ठिठक जाती है
हाल के दिनों में
देरिदा के विखंडन को
अपना लक्ष्य बनाकर
कविता 'ग्रामेटोलॉजी'
बनने को उतावली
नजर आती है।

नए वर्ष की कविता

उन्हें मेरी खुशियाँ
पसन्द नहीं है
इसलिए
जब भी उन्हें मेरे होठों पर
मुस्कुराहटें नजर आती हैं
वे उन कारणों की तफतीश
करने में जुट जाते हैं
और जल्दी ही
मुस्कुराहटों वाले होठ
सिले नजर आते हैं,
फूलों के बाग
आग के हवाले हो जाते हैं
फसलों वाले खेतों में
साँड़ों का साम्राज्य हो जाता है
मेरी रोनी सूरत
उन्हें सुकून देती है
उनका बुझा-बुझा सा चेहरा
खिल जाता है।
उनके अनुसार

मैं शायद फिर कभी
अपने होठों पर मुस्कान लाने की
जुर्रत नहीं करूँगा
शायद वे नहीं जानते
कि
जिन्दगी चाहने वाला मन
फिर से फूलों के बीज लाएगा
खेतों में फसलें उगाएगा
और धीरे-धीरे ही सही
होठों पर मुस्कराहटें आएँगी ही।

सुख

हथेली पर
अँजोरिया, अन्हरिया की परवाह किए बिना
रात-रात भर जाग के
संचित ओस को चाटने का
नहीं, सिर्फ छूने का सुख;
जाड़े की दुपहरी में
मद्धिम धूप में
फूली सरसों के खेतों में,
खाली मैदान में,
किसी की
सद्यः स्नात फहराती केश-राशि
की छाया में बैठकर
कालिदास या विद्यापति पढ़ने का सुख;
सूर्य की प्रथम किरण के साथ
मजूरी में उठे हाथ,
दुपहरिया में पोखरा के किनारे
फटी साफ लुगरी के टुकड़े में
बँधी बासी रोटी और लहसुन की चटनी
खाने का सुख; और

ऐसे में पत्नी की आँखों में
इतराता मन--इसे गुनने का सुख
यही तो जिन्दगी है।

आश्वस्ति

तुम्हारी उन्मुक्त खिल-खिलाहटों
की निर्झरिणी से
मेरा बढ़ा हुआ रक्तचाप
सामान्य हो जाता है
श्वेतवस्त्रावृता
तुम जब भी सामने होती हो
लगता है
शान्ति का सन्देश लेकर
कोई श्वेत कपोत आया हो
तुम्हारे अनायास
बिखरे कुन्तल मेघ
शीतलता के
संवाहक लगते हैं
और
उस वक्त ऐसा लगता है
कि यह दुनिया जीने के लायक है
दुनिया के तमस को भूलने के लिए
तुम्हारे जैसे रूपाकृतियों, कुछ फूल
कुछ मुस्कुराहटों की आवश्यकता है

शायद ऐसा होगा, लेकिन
नहीं जानता कब होगा?
फिर भी इतना विश्वास है
यह दुनिया रहेगी, रहेगी!

जाड़े की धूप और बीअर!

उन्हें जाड़े की गुनगुनी धूप में
सतरंगी छतरी के नीचे
रॉकिंग चेयर पर बैठकर
बीअर पीना
बहुत अच्छा लगता है
सामने दूर तक बिछी
हरी घास
छोटी-छोटी क्यारियों में
हँसते मुस्कुराते
मौसमी फूल और
हाथ में बीअर मग
धीरे-धीरे उनकी आँखों में
सुरूर की रंगत उभरने लगती है
और वे भूल चुके होते हैं
कि उनके पिता को कैंसर है
माँ की आँखों का ऑपरेशन होना है
बेटी ने डायवोर्स की दरख्वास्त लगाई है
और कुछ ही देर पहले
उनका माली

अस्पताल में मौत से जूझते
अपने बच्चे की दवा के लिए
कुछ रुपयों की खातिर
उनके पैर पर सिर
पटक कर गया है।

❑❑❑